청어詩人選 473

고뇌하는 詩人의 묵상

김용휴 제3시집

청어

고뇌하는 詩人의 묵상

김용휴 제3시집

시인의 말

고뇌하는 밤은 동이 트지 않는다

사람의 사상을 표하는 데에는 말과 글과 행동으로 표하는데 시의 진가가 따른다고 한다.

여기서 시인으로서 말하고자 한 것은 사상의 발로 중에서 가장 강력한 언어와 글이 시어요 시다. 이에 시인의 묵상이라 할 수 없는 題제 속에서 말하자면 행동의 바로미터가 바로 시라고 말하지 않을 수 없다.

이에 필자가 책으로 꾸미고자 하는 시집이 무엇인가 알아보기로 하였다.

사람에겐 글이란 우선 시와 산문으로 나눌 수가 있다고 말할 수 있겠다.

그러니까 사람이란 여러 부류에서 생을 구사하고 영위하며 생을 영위한다고 하지 않을 수 없다.

그중에 사람의 부류는 삶을 영위하는데 연관이 있는 생활의 수준과도 연관되어 있는 것이 한 가지도 아닌 게 없다고 보지 않을 수 없다.

그것을 알게 된 것은 처음에는 몰랐다. 그러나 시작을 할 때에는 모르기 때문에 급급하지 않을 수 없었다.

사람이 체계를 갖추고 체계적으로 살아가자면 갈래와 분류를 나누고 분류화되어가는 것에 세분화할 줄 알아야 하고 문장으로 전개를 하자면 기승전결로 전개하는 방법과 육하원칙으로 서술하고 문장을 윤문하여야 한다.

사람이 생을 영위하는 것 중에서 가장 우선시하는 것이 존재의 가치라고 말하지 않을 수 없다. 문장은 문학 장르인 시문학인 韻운문이 詩시요, 서술적 문장을 散산문이라 하여 산문으로 나누어진다.

특히 우리나라의 시문학에 대해서는 시문학으로 참고하면 쉽게 이해가 되리라 믿습니다.

시(詩. poetry)란 마음속에 떠오르는 느낌을 운율이 있게 필요 불가결한 문장을 끊어내고 언어로 압축하는 표현한 단문적 글을 시라고 한다.

시는 문자 그대로 또는 수준의 의미에 추가하거나 그 대신 의미를 불러일으키기 위해 언어의 심미적이고 종종 리드미컬한 특성을 사용하는 문학예술의 한 형태이다.

시의 특정 사례를 시라고 부르며 시를 쓰는 사람을 시인이라 한다. 그리고 그들을 유성음, 두운법, 유포니와 불협화음, 의성어, 리듬(운율을 통해), 소리 상징과 같은 시적 장치라고 하는 다양한 기술을 사용하여 음악적 또는 주문적 효과를 만들어 내거나 대부분의 詩는 운문 형식으로 되어있고 리듬이나 기타 의도적인 패턴을 따른다. 그 때문에 운문은 시의 동의어가 되기도 한다.

시는 긴 역사를 가지고 있다. 그리고 전 세계적으로 차별적으로 발전해 왔다. 이 시는 적어도 선사시대 아프리카의 사냥 시와 나일강, 니제르, 볼타강 유역 제국의 찬가와 애가 궁중 시로 거슬러 올라간다.

시라는 단어에 차별적인 해석을 제안하거나 감정적인 반응을 불러일으키기 위하여 형식과 관례적이기도 하다.
특히 한시에는 평칙과 운을 따 문장을 시의 율격으로 삼아 시로 결구하는 것이 자유시와는 다르다.

이에 '고뇌하는 詩人의 묵상'이라 제를 정하고 김용휴 제3시집을 내기까지는 한국예술인복지재단의 창작지원금이 제작에 도움이 되어 감사를 표합니다.
감사합니다.

2025. 1. 10
천운산 龜嵒구암, 거북바우산에서
금학 김용휴 무등산을 바라보며

차례

2부　설레임의 새해 첫날

3부 비 내리는 날의 묵상

4부 버리고 간 바람아

5부　추억의 영사기

1부

고뇌하는 밤은
동이 트지 않는다

고뇌하는 밤은 동이 트지 않는다
—남북통일을 염원하며

막혔던 심장의 고동 소리
고뇌의 밤은
원하지 않아도 동이 튼다

기쁠 때나
슬플 때나
울컥울컥 생각키는 임이 있으면
지새운 아침에도 콧노래가 절로 나온다

비워두었던 자리 차라리
정까지 지우고 가소
꼭두새벽이라도 좋소
억수 같은 비가 내려도 좋고
눈 위에 바람을 맞아도 좋고
잠들지 못할 이 한밤 지새워도
기다리오리다

가슴 저미도록 묻어 두었던 분단의 통한
허물 수 있다면
그것은
통일이 아니랴

민족의 해원이리

품어내고 간직할 날이기에
날이 새면 지샐수록 좋고
억장이 무너졌던 날들도 벌컥벌컥 들이켰소
눈물로 날을 지새웠소
해후의 정
하늘도 열리더이다
철의 장막도 녹이더이다
흐르는 눈물의 산하(山河)를 적시더이다
태우는 심지, 촛농으로 떨어지더이다
맺힌 한
다 그리지 못한 님의 형상 그리더이다

하늘에서 땅에서 하나가 되더이다
통일이란 염원뿐이더이다
우리는 결국 하나이더이다
갈라놓아도 우리는 하나이더이다
말하지 않아도 우리는 하나이더이다
백록담에서 천지까지 우리는 하나이더이다
민족의 심연수(心淵水)에서 쌍무지개 띄우더이다

동트는 함성으로
백두에서 한라까지 메아리치더이다
남에서 부는 훈풍이 백두에 쌓인 눈을 녹이더이다
민족의 절규로
뜨겁게 통일이라 모우더이다

평양에서
서울에서
통일의 쌍무지개로 띄우더이다

오늘

지금,
하루를 기표하는 것은
하루를 맞이하는
나그네이자
보내는 주인과
나그네와도 같다

오늘이라는 현장에서 주인공으로
나의 존재적 시점에서
초침이자 시침이다
아니다
역사의 징표이자
인간의 인생 항로에서
선장이자 항해사로서의 수담사이다

오늘에서 미정되어 있지 않는
내일의 하루는 단 하루도 없다
인간의 항해에서는
한 곳의 귀항지라도 돌아오지 않으면
사고의 불야성을 이루리라
안착하기 위하여
인생 항로의 계선주에 벼리 줄을 매는 선주이다

존재

그 무엇도 없는 바다와 나뿐
그 무엇하나 제대로 있지 못하고 다 흔들리고

존재하기 때문에
바다의 넓은 호안을 바람의 거침없는 흐름도
한곳으로 어찌 가는가
도라 서라 돌아서라
선실 한 칸에 갇혀 있는 나를 돌이키려
갇혀 있어도 나에게는 바다가 있다
물이
바람이
하늘이 있어도 나만 못하다
그 무엇이 없어도
그 무엇이 있어도
나를 잠들게 할 수 없기에
잔잔한 흔들림에
존재만으로
존재하게 하기 위하여
나는 나를 생각지 않고 있다

바람은 불지 않을수록 좋고

통로는 하나다
온통 가는 길뿐이다
누워있는 곳도 길이다
선실은 지나가는 사람의 길
바람은 일지 않을수록 좋다

잠결에 스치는 바람
그대의 숨결이리
아 ~, 답답타
아 ~, 물이 막혀 못 오시나요
아 ~, 강이 막혀 못 오시나요
아 ~, 바람이 막아 못 오시나요

무공의 대금 소리가 선실을 깨운다

가녑게 떨수록 고동치고

나는 흔들리고 있다
선실의 엔진에 의하여 떨리는 것은 장애다
눈뜸의 설레임으로 더 좋다
바람이 일지 않을수록 좋다
무동(無動)이면 얼마나 좋을까

무공의 대금 소리에 살포시 고개 빼어 문
뱀의 사두처럼

바람아 바람아
불려거든 석 달 열흘 불어다오
그렇지 않으려면 차라리 가녑게 떨어다오
내 마음 대신

흔들리는 나
엔진에 흔들리는 것은 싫다
아무리 거세더라도
바람 앞에 서서
나는 가녑게 떨고 싶다

전달 없는 바다

나의 몸은 배에 맡겼다
무감(無感)의 배에
감정(感情)도 전달도 없는 망망대해
나는 얼마나 미련한가
그러면서도 생각한다고 한다
고작 가는 배에 올라타 있으면서
나는 간다고 한다

길 없는 길이 아닐지라도 가고 있다고 한다
아니다
아니다
가는 것이 아니라
나는 그냥 있다

자연의 나그네가 더 좋다
무공(無空)은 그립단다
제주가 그립다고 지긋이 눈 감고 있다
뒤척이고 있다

물과 바람과 하늘

물은 물이다
바람은 바람이다
바람은 하늘이다
물은 땅이다

바람은 나그네
물은 나그네의 보금자리
하늘은 지붕

아니다
정녕 부서져 버린 물거품의 수포일지라도
하늘 물바람에 편승할지라도
나는 존재(存在)의 의미하나
수포일지라도
흩날리는 꽃잎일지라도

산이 되련다
숲이 되고 바람도 산새도 물도 하늘도
높이 솟은 산이 되련다
물과 바람과 하늘이 어우러지는 군자

물이 다가온다

하늘 바람 물로

멍사 모르던 시절

그 무엇이 어려웠으랴
하면 할수록
알면 알수록
어렵지 않은 게 그 무언가

정체 속의 사고
남이 하는 것을 평하고 결과 추출도
논하면서 멋대로 단정 지었던
......,
세월의 나락들

실없는 웃음 히죽히죽
수 없이 날리며
어언 일곱 달 접어든
선비 춤
여러 사람 앞에
배운 대로 추어보려 하였으나
음악도 들리질 않는다
춤도 추어지질 않는다
장소와 환경과 위치가 달라서일까
수많은 눈들의 표적이 되어서일까
아니면 첫 실수의 마당이어서일까

헤픈 웃음마저 나오질 않고
얼굴만 확확 달아오른다
심장만 두근두근거린다

그만 멎어 버릴 것만 같은 순간순간—,
헝클어진 실 코
모깃소리만큼 귓전을 스친다
실수는 그냥 하는 것이 아니라
주어져야 하는 건가 부다
박수 소리 들린다

두둥실 학의 날갯짓에
음률이
나의 귀를 틔워주고
나의 가슴 열어주고
실없는 웃음 그치게 하여준 선비 춤

바람이 좋다

구름에 가리웠던 해가
섬들이 다가와 안긴다

그립다 육지야
바람이 있어 좋고
그저 또 좋단다

두고 온 갈매기 떼 바람을 떠나고
또 바꾸어 바람이 되는가
두고 오는 것이 그 무엇이라고
또 갖고 있는 게 그 무엇이라고
바람처럼
물처럼 거스르려 하는가
두고 온 바람이 그 어디 있는가

바람이 좋다
흔들리지 않은 내 있어서

뜨거움으로 터 오르더이다

밤중이면 밤중대로
날이 새면 날이 새는 대로
슬플 때나
기쁠 때나
울컥울컥 솟구친 님아

정 두고 가지 마소
정마저 가져가지 못할 바에는
이내 몸에 두고 가소
꼭두새벽이라도 좋소
억수 같은 비가 내려도 좋소
설한 풍이 불어도 좋소
잠 못 이룬 이 한밤

가슴 저미도록 묻어 두었던
그대
만나는 것이 나의 광복
민족의 해원이겠지
아니 온통 품어버릴 날이기에
날이 새면 샐수록 좋소
억장이 무너졌던 세월들을
벌컥벌컥 들이켰소

눈물로 날을 보냈소
해후의 정 나누기 위해
밤새 들이키는 빙수마저도
녹이지 못하더이다

하늘도 열리더이다
철의 장막도 녹아 내리더이다
막혔던 핏줄도 터지더이다
온 민족이 품어댄 심연수(心淵水)에서
쌍무지개 뜨더이다

차디찬 가슴속에 촛농이 떨어지더이다
한 맺힌 원한의 해원이 이뤄지더이다
그리다 다 그리지 못한 님의 형상 그려지더이다
오직
님뿐이더이다
하늘에서 땅에서 뜨거움이
하나로 녹아 내리더이다

기어이 하나이더이다
갈라놓아도
우리는 하나이더이다

아무 말 하지 않아도 우리는 하나이더이다
한라에서 백두에서 끓더이다
동트는 함성
백두에서 한라에까지 메아리지더이다
한라의 훈풍 백두의 냉기를 녹아내리게 하더이다

온 민족이 미망으로 염원하더이다 절규하더이다
뜨겁게 한 몸 되어 녹아내리더이다
더덩실 통일의 햇무리가
평양에서
서울에서
하나로 터 오르더이다
한마음으로 찬란히 무지개 지피더이다
혈맥이 이어지더이다

군자로(君子路)

우리 모두 초록빛 타고 내린 우산 속 꿈으로
우리 모두 설레임의 빗장을 풀고
우리 모두 구르는 낙엽 마지막 잎새까지
우리 모두 은가루 날려주는 사랑 그리워
걸어보는 길 군자로라 부르리

움트는 연초록은 꽃보다 정겹게 다가오는
환희의 양산이 되어 우산이 되는
청잣빛 하늘까지 물들여
청소부 비질까지 리듬이 되게 하는
마지막 잎새 구르면
멀어진 사람까지
하얗게 하얗게 덧칠하는
이 길은 혼자 걸어도 혼자가 아닌
사랑의 초록 길

그윽한 눈빛
차라리 아름답다
말 없는 그대 군자이리

광주의 맥을 끊었던 철마 경전선 따라
순환로 가로수
원대한 사색과 꿈으로 푸르른 길은
군자로
걸어 보니 꽃보다 아름다운 군자로

소금가마니

왜 그리도 웁니까
부엌을 내지른 연기가
온 집안에 스멀스멀 어리면
당신은
무어가 그리 슬피웁니까

태양으로 저린
그대
눈물로 흘러내는 속내
뒤란에 우두커니
마파람에 녹고 녹은 애간장
무엇에 그리도 서글퍼 웁니까

왜 그리도 서슬을 세우십니까

버릴 것이 없다면
얼마나 아름답습니까
감출 것이 없다면
망나니짓을 어찌 하려듭니까

볼썽사나우면 하늘 쳐다본
우리는 얼마나 어리석습니까

통곡했습니다
오열했습니다
프라하의 봄을 기다리기에
진실이 무엇입니까
지만을 위한 망나니가
금관자(金貫子)를 탓하겠습니까

피는 흐른다
물도 흐른다
세월도 흐른다

무어가 그리 부족합니까
남이 어쨌다고 침을 뱉습니까
독재의 대쪽이라 그럽니까

지울 수 없는 역사 앞에서

기다, 아니다
날마다 기는 놈이
느닷없이 아니다 고 고래고래 지른다
느닷없이

기다, 기다
겨우 삐척거리다가
휘청거리다가
아니다 고 버럭버럭 지르는 소리

기다, 아니다

기다, 기다 믿고 살았는디
아니더라

몇 푼 갖고
밸라도 떵떵거리는 고놈이
더 떠엉떵거리면
기는 놈이 몇 푼 더 있는 놈한테 꼬박 죽다가
느닷없이
아니다 고 고래고래 질러댄다
돌라 먹은 돈이 아니라고

기다 아니다. 모르겠다

쓸어 내다오

절동 환취루 옆 냇가에 무성한 돼지풀
수년 묵은 흐레청
회관 준공식 때 도랑 소제를 한다는 울역

큰비가 오면 나는 걸신걸신 해진다
흙탕물의 여울 소리를 내며
청석강으로 주암호로 흐른다
왜 걸신이 들리는 걸까
나는 밤이면 마음을 조였다가 날이 밝기를
사흘 아침을 청석강으로 냅다 뛴다

쓸어낼 것을 죄다 쓸어 내 버려라
비야 비야 내려라
온통 썩은 냄새가 들끓는 세상 싹 쓸어버려라
비야 비야
바람아 바람아 불어라
바닥까지 발칵 뒤집히도록 바람아 불어라
바다까지 뒤집힐 해일아 일어라
바람아 불어라
비야 내려라
썩고 썩은 세상

씻고 씻어 내도록 퍼부어라
퍼부어
물아 물아 어디까지 갔느냐
멈추지 말아다오
바다까지 뒤집히도록 합류되어다오

바람아 바람아 불어다오
속이 확 뒤집히도록 불어다오
썩고 썩어 냄새나는 것은 죄다 쓸어 내다오
다시 성성한 것을 생성시켜다오
숨을 고르고 있는 호수는 수면으로 충만해 버린다
안쓰럽다고 생각하나 부다
한숨을 내어 쉬고 있나 부다
그러질 말아다오
몰아칠 때 몰아쳐 이 세상에 다시는 좀먹지 않고
늘름한 놈덜이 활개 치며 눈심 세우는
썩고 썩은 곳을 환하게 쓸어내어다오
덤버지가 퐁 빠지도록
비야 비야 퍼부어다오
바람아 바람아 불어다오!
파도가 출렁거려 깊디깊은 속까지 확 뒤집히도록

사색한다는 것은

시감
정감
교감
투관(透觀)의 노예다

어제 닭장 문을 열어 놓았더니
먹을 게 없어서였던지
심통이 났던지
파밭의 파 뿌리를
빡빡 다 긁어 파 버렸다

먹이를 안 주면
'너마저 긁어 파버릴 거야!'

사색한다는 것은
현실 도피인가
시공 초월인가

무아 속에 나 찾는 것인가

나에게 시(詩)는 빛의 언어다

어둠을 가르는 것은
삶의 조건이 아니기에 더 그렇다
그 누가
자연을 거부할 자 있는가
자연과의 교감에서
유려함으로 상생시킨 순수,
서사시로 반추시켜 보는
자연 속의 나의 시

그것이 설령 난해하더라도
그것은 그것은
나의 마음의 불꽃이기에
나의 자존을 의미하는 시이기에
더욱 그렇다

정주영의 침묵

70원을 손에 쥐고 강원도 산골에서 뛰쳐나와
포니차로 깡을 누비고
대권 도전자로 나섰다

"우리 당원 다 어디 갔어?
 시련은 있어도 실패는 없다"라는 종언이
현실이 끝없는 도전의 종장
8남매의 파란만장한 손들 속에
일대의 종장을 재계의 서막을 장식하는 그는
소 떼를 몰고 북녘땅의 장벽을 넘어
금강산으로 남한사람들이 멀리서나마
고향을 그리게 하고,
남북정상회담의 징검다리를 놓았던 여든여섯
이승이 아닌 저승으로 놓았던 정주영

산업사회의 왕회장
현대그룹의 신화 속에 영원을 남기고
이 나라 산업발전사의 증인
그는 존재의 의미로 남는다

2부

설레임의 새해 첫날

설레임의 새해 첫날

산국을 맞이하는 마음으로 다가섭니다
무에서 존재를 이루는 고통은
희열과 환희의 쌍곡선을 그으면서
사루었든 염원들이 향으로 날립니다

결정의 하나 드높이며
응어리졌던 모든 시름 다 사그라지고
양심의 가책마저 괴로워하며
보람의 순간을 위해
뜬눈 지새우며 태우고 태운 정열의 나락들
지난해의 거울 앞에 서서
아낌과 사랑
질시와 냉대를 상충시킨 기나긴 나날들

이제는 그대 앞에 오롯이
존재를 의식하구나
지상에 지울 수 없는 순간을
영원으로 잇는 고리 앞에 서서
보내며 아쉬워하는 순간이
흘렸던 눈물과 땀이

돌릴 수 없는 머언
추억으로 새긴 줄도 모르고
웃고 있구나

커튼을 젖힌 아침
나의 가슴으로 맞이하누나

눈 내리는 밤

어둠 속에서도 눈은
내게로 몰려든다

연약한 등불 속으로 몰려든다

어둠 속에서
어둠일 수 없다
차가운 바람 속에서 그대로
맵게 날려질 수 없는 것

손등에 얼굴에 내리며 녹는 눈은
삶과 따스한 정 행복을
자각하게 한다

눈은 몰려들면서
순수와 진실과 사랑이
하나일 수 있음을 깨닫게 하며
사랑 속에 순수하게 녹아 내릴 수 있음을 보여준다

가슴은 각질처럼 굳어져버린 탈을 벗고
버들강아지처럼 기쁨으로
고동치며

세상은 어둡지만 냉랭하지 않음을
세상은 정말 아름답다

닦고 닦은 것

서실 한편에
먼지가 부옇게 쌓인
귀목나무 토막,
아니 찻잔받이
교감의 반등으로 빛 잃은 미소

대인 야시장에서 눈이 맞아
도마로 사왔다
세월의 고행이 문양으로 고 티가 나서
찻잔받이로 명명되었던
사연,
어디론가 떠난 소홀함에 꺼칠해졌구나

그렇다
인간도 연단(鍊鍛)이다

쇠를 달구고 달구어
두드리고 두드리며
담그고 담근 담금질에
기품의 기색이 돌 때까지 연단하는
장인의 투혼으로
명검이 만들어지듯

찻잔받이도
닦을수록 눈을 반짝이는 문양들

썩지 않는 고목의 나이테가
눈을 뜨고
세월의 모진 풍상들을
아름다움으로 투각시키듯
무각의 투혼까지 살려내는
고목, 나무 조각

그래,

아무리 좋은 재질이라도
명장의 투혼으로 연단 되어진
명검일지라도
대의에 따라 진가가 달라지듯

모두의 삶에
윤이 나는 것은 아닐까

다시 뜨는 무등의 천년

미망(彌望)을 포태시킨
신선한 효두
천년을 품고 깃발은 나부낀다

천년을 곰삭힌 순정(純精)처럼
석양 노을을 받은 구름처럼
해 봄 실 똘을 타고 오르는 모뎅이 떼*처럼
새천년이
빛으로 벗는다 장엄하게,

위대한 의의 빛고을로
도도한 역사의 성지 광주로
천년을 숙성시켜
서석, 무등으로부터 품어내어
우리를 현상시킨다

*모뎅이 떼: 봄이면 민물 맛을 보려 머리를 똘을 타고 오르는 숭
어 새끼들

낙화암에서 청공은 떨고

무공(無空)이 부는 대금이
무심의 백마강을 깨우듯
낙화암 천년 솔은 등등하게 오르고

백마강 아침 물안개는 낙화의 화신이 되어
물소리마저 잦아들게 하고
천년 솔의 고절(高節)은 넋이 되어
천년바위 위에 얽매여
바람마저 거부하려 솔침을 세우는
낙화암

아, 낙화암의 새벽바람
내 마음 백마강에 뿌리게 하고
무공이 부는 대금의 청공은 떨고 떨어
백마강 단심을 달래고
천년 솔을 비천(飛天)하게 하누나

백마강의 인연

'어야 친구 백산,
 무공과 금학의 사연을 아는가'

2000년 봄
 백제의 여한이 아직도 숨 쉬고 있나 부여엘 갔다
왔다네
 백마강의 선유로 스치는 바람마저 향그러웠다네
 '백마강 달밤에 물새가 울어, 고란사 종소리'의 노
래가
 나도 모르는 사이에 몇 번인가 부르며
 낙화암 고란사로 올라가는 뱃머리에 기대어
 낙화암을 쳐다보고 또 쳐다보며 부르고 불렀다네

 고란초 없는 고란사 약수를 한 모금씩 마시며
 휘도는 영종각의 종은 천년 한으로 잠겨있고
 백마강 단애의 벼랑에서 대금을 마악 부르려고 치
금을 하는
 스님과 숨 차오르는 만남의 순간이
 무공스님과 대금과 나를
 1,300여 년 전으로 훌쩍 뛰어넘게 하였다네

 설핏 대금의 단견을 던지는 게

그 어찌 인연의 들보가 될지 그 누가 알았겠는가
그것도 그것이지만
어디 살다 보면 지나쳐버린 일이 한두 가지던가?
소리 없이 쌓인 여적들을 정리하다
2000년 봄 트는 소리가 고개를 빳빳이 쳐들지 않
겠는가
그래 무공스님의 전화번호를 꾹꾹 눌렀더니
"아니, 고란사 달밤을 거닐러 오신다 하여 놓고 왜
안 온 거유"
아뿔싸 할 말이 없었다네
그것도 그냥 놀러 오라는 당부였는데도
백지수표를 뗀 나는 찡하였다네
"정 바쁘시다면 지가 광주로 가지 유"
하고는 들이 당창 광주로 내려왔지 뭔가
내가 백마강 달밤을 거닐러 간 게 아니라
살붙이와 무관한 형제의 의(義)를 맺었다네

어야 친구, 자네가 잘 아시다시피
내가 명예가 있는가
떵떵거리는 돈이 있는가
거기다 권력이 있는가
무지몽매한 놈이
삼고초려도 팽개치고 그만 형제의 의(義)를
덜렁 고개를 끄덕이고 말았었다네

속가와 불가의 연으로
유명 시인의 연이라면 그 무어가 걸거치겠는가마는
무애(無碍)와 무명의 시인,
그 유혹을 어찌 무지하게 내팽개쳐 버리겠던가
무공(無空) 제(弟)는 나에게 분명 과분한 게야
그렇지 않은가, 친구
자네 말고 그 누가 날 알겠는가

좌우지당간에 서론이 길어야 한다고들 했쌌데
별 알맹이 없을수록 더 길어야 한다는 디 참말로
숨이 차네
첨엔 '스님이 뭣땜시 대금으로 사람을 홀리남' 했지
막상 대금을 알게 되면서
짐짓 다른 것도 그렇게 여겨 버리지 않았나 하는
생각에
내 얼굴이 달아오르며
내 얼굴이 이렇게 두꺼운가
자꾸 만져지질 않았겠나
그럴 때마다 무공 제가 나에겐 과분한 게야
그럴수록 더 보배로워지는 건 보통 연은 분명 아
닌겨,
대금은 1,300여 년 전
우리 조상들이 순수한 지혜로 만들어진
가히 자연을 우리 민족의 성정에 딱 맞게 극묘
화 시킨

우리 민족이 존재하기 위한

우리 민족의 애환을 예견한 성기(聖器)이자 명기로
나는 보네

그것도

풀도 아니요, 나무도 아니면서

나무보다 더 강한 대[竹],

그 대 중에서도 속이 꽉 찬

심 보기 보다 더 어렵다는 쌍골죽에

두자 가옷에 취구와 청공, 여섯 지공

단오절 맑은 물소리에 잠겨 듣고 자란 갈대 속 엷
은 청을

청공에 붙여

가장 강한 대와 실바람에도 나부끼는 갈대의 접합

강함으로 청공이 떨어 아우러진 화음의 대금,

이 땅 이 민족의 심성을 정제시켜 주는

성기(聖器)임이 분명허데

대금은 정악 대금과 산조 대금으로 구분되나

무공 제의 대금은 정악대금으로 상영산 곡을 주로
분다네

취구에 벙글어진 입술,

아랫배[단전]에서 밀어 올리는 소리여서

취구에서 가슴과 폐로 불어내는 소리가 아니라

더 깊고 깊은 음의 파장이 길어 애절한

강함에 떠는 엷은 막 청공이 떠는 음율에

대금의 청공이 우는 대금이
어찌 우리 민족의 감성이 풍부하질 안컷는가
우리 민족의 가슴이 어찌 미어지질 안컷는가
거기다
백마강 달밤, 낙화암에서 부니 말일세
친구, 그리구
나는 여태 도레미파솔라시도, 서양 음계만 알
았는데
'노느네나누니너노'가 우리 음계라네
우리 음계 말일세
이 무 자네는 알고 있었을 것이네만
나는
나는 이제사 알았다는 게
부끄럽네, 부끄러워
가장 높은 음률을 낼 수 있다는 대금

우리 민족의 성정에 딱 맞아떨어진 게야
정말 우리 민족이 대단한 게야

가장 강한 대와 연약하고도 연약한 갈대 속 청
의 접묘
그 어찌 갈대가 대의 강함에 떨지 않겠는가
그 어찌 청공의 음률에 애가 끊어지질 않겠는가
접합의 묘,
나는 무공과 부여 부소산으로 아니 갈 수 없었다네

나는 낙화암 달빛이 백마강에 뿌려지는 걸 보았다네
　나는 그 누구도 모르게 흐느끼지 않을 수 없었다네

　낙화암 백화정 달밤에 무공 제의 대금은 청공으로 떨고
　나는 '백마강 달밤에 물새가 울어…'를 수없이 부르고 부르니
　하다못해 궁녀들까지 지켰던 고절의 원혼들도
　백마강 물살에 살풋 살풋 넘실거리데

　친구, 무공과 대금과 금학은 백마강 달밤 낙화암에서
　분명히 만파식적(萬波息笛)이 아닌
　백제의 여한으로 무공의 청공은 떨고 떨었다네
　백마강 달빛이 부서지게 나는 부르고 불렀다네
　어야 친구 백산
　무공의 거침없는 무애(無碍)는 청공으로 떨고 떨게 하였고
　나 금학은 겨우 부서진 달빛의 백마강을 음영(吟詠)하였다네

*柏山(백산. 동백산): 안명원의 호
*錦鶴(금학): 필자 김용휴의 별호

부소산 아침

부소산 솔침에 빗긴 아침 햇살은 무아로 거슬러 오르고
백마강 물오리 떼의 깃털에 반짝이고

무공과 사자루에 오르니
벌겋게 달아오르는 계룡은 둥지를 틀고
칠갑산 너머 성주산은 아침이슬을 털고
대둔산(大屯山)에서 흐르는 물 돌고 돌아 삼백 리
낙화암 단애와 청송에 어리는
백제의 기절(氣節)이 휘도는
백마장강(白馬長江)은 말없이
성충의 한으로 기벌포에 몸을 푸는 듯 하구나

칠성단에 서걱이는 시누대 소리는 고송에 잠기고
궁녀사 가는 길 피어난 상사화는
반월루에 걸린 그믐달이 여한을 달래는구나

무공의 대금 소리
백화정 바위 위 천년을 틀어 올린 붉은 솔침 끝에
설기 설기 백제의 한으로 어리고
달밤의 고란사 불빛은
처마 끝에 불꽃으로 타오르고
대금의 청공은 떨고 떤다

독도

회항의 여적은 숨 가쁘다
허물 수 없는 개천(開天)의 염원을
쪽빛으로 푸는 독도여

이 땅의 아픔을
동해의 독도천(獨島天)에서
오롯이
신선한 아침으로 열어주려는
염원으로 분출된 동단의 기점이요
민족의 성루요
원대한 이상의 등대인 독도여

날마다 치는 파도
쪽빛으로 씻고 씻어
민족의 효두(曉頭)에 미망의 기개로 틔워주는
독도(獨島)는 장엄하다

민족의 원대함으로 철썩인 독도여

서설의 새 아침

푸른 솔 위에 사뿐사뿐
사랑의 화음으로 터치하는 첫눈
무등산 남쪽 능선으로
애환과 환희가 추억이 되고
원대한 미래가
대망의 꽃으로 피어나는
새 아침의 서설
그대 온몸으로 안으리

사랑의 송이 송이로 날리는 눈
바라만 보아도 좋다

새하얀 화관을 쓰고
새 아침의 청순함으로 속삭이고 싶다

아쉬움으로 접은 제야의 숨가품마저도
미망(彌望)으로
맞이하여 새날로 비상하고 싶다
서설이 날리는 새 아침이면
새날이 밝을 때면

섣달그믐날은
저마다 백자 항아리 하나씩 안고 들어와
구석구석 닦아본다

그러다 새벽이 오면
흰 항아리를 드러나
빼곡히
한해의 소묘로 그려낸다
하중을 벗어난 육중함은
오직
조용한 움직임으로
비틀린 속 가득
넘칠 줄 모르고 담는 항아리

말끔히 헹궈
미명 속에 다시 비춰보는
소중함을 정갈히
마음까지 담은 줄 모르고 새해만 담고 있다
날개 없이 나는 새 아침

빗장 거는 술

그대 맞이할 때마다
나는 알몸으로 신 대를 움켜쥔다

땅거미 질 때면
아린 환상의 노예가 되어
그대 사슬에 묶이여 풀무질을 해댄다
능란한 주도(酒道)의 칼날 위에
섬광을 일으키며 — ,
회심의 풍선이 부풀어 오를 때면
도랑물 보튼 소리가 난다
표표함에 주눅들은 슬픔에 잠긴
무색의 허심(虛心)
우적우적 깡을 씹으며
무이도가의 악녀를 쫓으려
덩실덩실 추는 환무(幻舞)를 추며
날마다 나는 그대에
결별을 고하며 빗장을 건다

고향 고개

왼편 비상하는 용두봉
빙그르 둘러보니
청산, 금당도 약산이 바다 위에 선연히 떠 있고
바다 건너 푸른 띠를 두른 봉황산
날을 세운 적대봉
40여 년 만에 오르는 막내 새끼 고개
이제는 꼼지 발 서지 않고
보고 또 보아도 정겹기만 하는
하늘 산 바다
어려서 보지 못한 아름다움

보고도 몰랐던 시절
지금은 몰랐던 것도 보면 아는가

섣달그믐날 누님 집 마당에
맷돌에 간 콩물
무쇠솥에 장작불 지펴
나무 주걱으로 휘휘 저으며 끓인 콩물
삼배 자루에 떠 붓고 주무르고 주물러 걸러낸 비지
받쳐진 콩물
펄펄 끓은 가마솥에 휘둘러 친 간수
송글송글 피어난 목화송이 속에

비쳐난 나 어린 시절

김 물씬물씬 오른 두부 베어 문다

"아니고, 허리야······"
누님은 쭈욱 펴도 펴지지 않는 허리를 펴며
'용휴야 이제는 소 줘 분다 만다'

누님의 비지 광주리에서 숟가락 소리 들려온다

조부님 살아 실제 막내새끼고개 넘어오시면
나와 사촌 동생이 달려가 부축하면
"네 이놈들 이래도 할애비를 모시러 왔단 말이냐―."
하시며 어깨덜미를 양으로 발만 동동거리던
조부님의 위풍이 약산 필봉 위에 선연한
내 고향 막내새끼고개

가을이면 하곳길 고개 언덕배기에 굴을 파
무서리 맞고 캔 감재 넣어두고 돌로 문을 닫아두
었다
눈 날 길 고구마 꺼내 깨물고
신바람으로 달려 내려오던 고갯길

늙은이 이 빠지듯 형체 없는 감재 굴
굴속에 갈마리 해놓았던 양심의 고구마 굴문
뭉개구름 속에 열리는
내 고향 똘또리 막내새끼 고개

그 무얼 자르려우

톱 쓸어 유, 우산 고쳐 어
분무기 통 손보구 빵구 난 것도 때웁니다 유
사평장 한편에 쪼그려 앉은 혹부리영감

주암호에 물 담기 전 골골 사람들이 성시를 이룰 적엔
혹까지 윤기 돌았는데
마수도 못 하고 파장 짐 지고 버스에 오르는
정 영감은 혹부리영감의
혹은 사평 장이 시세가 없어 파장이 되니까
혹이 쭈글쭈글허다
위매, 비상금 다 터네, 에이 참―.
시상에 날 서는 놈덜은 잘 퍼먹고도 늘름헌디

나는 뭐여
누덕누덕 기운 돗배 보퉁이와
기름기 잘잘 흐른 바랑을 내동이친다

휘익 도는 동면 어구
바랑을 지르륵 끌어 걸머지고
보퉁이를 개 멱두가지를 끌듯 가는
정 영감

64

우리 민족의 성시 애환을 잘 갈무리하며
하루라도 빠지면 약속을 지키지 못하는
속이 영글지 못하여
5일 10일 장날이면 사평장이고
3일 8일 삼팔일이면 화순읍장이요
기다리며 손꼽아 아침 5일장
한날 잡아 주인 설움 쓸고, 두날 잡아 내 설움 쓸고
세상 설움 쓸고 쓸어주려 돌고 도는 닷새장
바랑에는 세월과 풍정이 삭아 윤기로 도나 부다
혹부리에는 우리네 한이 담겼나 부다
쓸고 쓸어 세운 톱날, 그 무얼 자르려우
어렵지 않는 게 무언가

참솔나무

참솔나무 잎은 부드러워
스치는 바람도 처녀의 마음결같이 부드럽다
개솔나무는 잎마저 뻐씨디 뻐써서
개솔이라 한다

그리하여 좋은 것을 참이라 하고
나쁜 것을 개라고 한다

참솔나무를 적송이라 하기도 하고
참솔은 부드러울 뿐 아니라
살아 천년, 죽어 천년을 간다고 하는
향까지 천년을 간다는
우리 한옥에서 나는 송향(松香)

소나무 껍질의 마알간 황토색은
세월이 흐르고 흘러도
노송의 자태가
용(龍)이 또아리를 틀며
하늘로 비룡하는 형상이다

해를 더 할수록 고태미가 더하는
우리 한옥의 향취는
작설차를 제대로 음미하려면
좋은 물을 완숙시켜야
차 맛이 바로 나기 위해서는
찻물도 완숙시켜 끓는 물 소리가
송도(松濤), 사브적 사브적
참솔 잎 소리가 물결치듯 하는 소리,
옛 선현들은
노송 아래 차 끓이는 선경을
저며보는 정경을 흔히 접해 볼 수 있다

백모란

잠 못 이루던
꼭두새벽
사위는 괘괘하다

미명의 밤은 먹빛으로
풀어내다

보다 밝은 내일을
맞이하기 위하여
숨소리도
다독여 재우는 표정까지도
하얗게 하얗게
아가 숨 몰아쉬게 하는
자경을 넘기는
백모란

아, 아ㅡ,
피고 지는
꽃잎마저 떨구지 못하는
긴긴 늦은 봄의 밤

잠 못 이루고
씨줄과 날줄을 고루 잡아 메어드는
백사의 천의 짜임은
차마 여인의 심정으로도
씨줄과 날줄을 어김없이
당기고 밀면서
치그닥 착
조여드는 여심으로 짜아 내는
늦봄의 사유
긴 밤잠 못 이루며 놓은 세아의 정취

뉘에게 쉬이 넘기랴
희고 흰 백모란 피어나는
생성의 순간을

람빛 나팔꽃

나의 움막 돌담 위에
또와리를 틀고
층층이 나팔을 부웁니다

쪽빛 가을
은광 살에 비춰보이라며

'기러기 울어 에는 하늘 구만리'
벅차오르는 청잣빛 수움결로
나팔을 불며 피워 오르는

일어나라

람빛으로 피어오른
나팔꽃은
넝쿨채 댕댕히
나팔을 부웁니다

백아의 사랑아

백아가 산정에서 피아노건반을 치면
가을이 하늘 높이 날아 이루지 못한
스쳐가며 구름마다 하얗게 풀어내지
못하고 불타버린 사랑의 한으로 되어
아 푸르고 푸르러 골을 잴 수 없구나

겨울이 가고 참꽃이 피는 봄이 오면은
하늘 높이 솟구쳤던 구름도 풀어지는데
굳게 맺은 백아의 언약 언제 이룰거나
손가락을 걸고 맺었던 당신의 언약이여
아 푸르른 하늘다리 언제 올라 만나리

꽃은 벌 나비를 불러 열매를 맺히는데
못다 이룬 백아의 사랑 푸르고 푸르러
눈 쌓인 무등등주를 언제 눈꽃을 녹여서
순수한 언약을 하였던 살풀이 명주천도
아 푸르고 푸른 하늘 언제 날아오를거나

봄의 소리

추녀 끝을 타고 내린 봄비의 소리에
귀는 솟대가 되고

후두둑 잠 깨어 보니
소살거림에
오만 만물이 하모니를 이루는
봄 소리

추녀를 두드린 소리에
후두둑 후두둑
일어나니
땅 깊이 잠들었던 싹들이
움트는 소리
나를 잠재우고
그대는 기지개를 켜고
내 가슴 태운다
밤중에 문 열고 소리 따라나서네

바람에 나부껴도

봄부터 세상을 쓸어낸다
등 허리에 감고
늘어지는
봄바람을 댕댕히 태우고
소낙비처럼
바람허리로
쓸어내고 또 쓸어내는 가냘픈 허리
매달려 바람을 털어버리지 않고
임의 목마처럼

첫눈을 받쳐 들고
겨울이냐고 묻는 그대는
정녕 이른 봄부터 새벽잠을 떨치네

겨울을 날리네
시린 바람을 태우며
나부끼네
추우욱 늘어져도 싱싱한 잎으로
강변에 드리우네
고향에 드리우네

3부

비 내리는 날의 묵상

비 내리는 날의 묵상

비가 나를 찾아와 내리는 것이 아니라
내를 씻겨 내리기 위하여
내리퍼붓는 것이
씻겨준다기보다는 물벼락이었다

빗소리
바람소리
두렵지 않게 정겹게 들려오는 날
비를 맞으며 걸어도
젖지 않는 마음 발소리도 들리지 않게

비가 나를 버리고 흐르고 흘러
바다에서 바닷물이 되어서도 혼자가 아니다
비는 나를 씻기고 온 대지를 적시고
다시 생성시키는
대단원의 생수가 되어
바다로 모체를 떠나 소용돌이를 치는
물소리도 바람소리
바다에 접수되면서도
혼자가 아니다

인생도 혼자가 아니다

혼자인 것은 저승으로 가는 뒤에도
혼자가 아니다

혼자 걷는다고 혼자 고행을 하는 것이 아니라
마음이 혼자였을 때
인생은 결국 혼자일 것이다

고행에서 생성되었을 때 들리게 하소서
절실하고도 간절할 때만
바람소리도
빗소리도
들려오게 하소서

사랑과 용서만 보슬비로 내리게 하소서
가뭄 뒤에 폭우처럼
미움과 분노도 소나기처럼
천둥과 번개도
소리치지 않고 뻔쩍이지 않도록
탄생의 영혼으로 소리 나게 하소서

메마르고 척박한 땅일지라도
꽃이 피고 열매가
풍요롭게 익어가게 하소서
언제나 생명을 피워내는
봄비처럼 살게 하시고

누구에게나 기쁨을 가져다주는
단비 같은 사람이 되게 하소서

그리하여 나 이 세상 떠나는 날
하늘 높이 무지개로

다시 태어나게 하소서
낙화암에 떠는 청공

무공(無空)이 부는 대금은
무심의 백마강을 깨우고
낙화암 천년 솔을 등등하게 오르고
백마강 물안개는 낙화의 화신이 되어
물소리마저 잦아들고
천년 솔은 고절(高節)의 넋이 되어
바위를 얽어매어
바람마저 거부하려 솔침을 세우는
낙화암
아, 낙화암 새벽바람
내 마음 백마강에 뿌리는가

대금의 청공은 떨고 떨어
백마강 단심을 달래고
천년 솔을 비천(飛天)하게 하는 낙화암

그대에 띄우는 연서
—정문연(精文研) 연찬회에서

여기는 한국정신문화연구소
천연의 숲 사이로 들려오는 차열소리
각기 다른 환상
오늘과 내일의 효두(曉頭)가 교차되는 순간
되돌아보니 광주역에서
기차를 탔더니
내가 가는 게 아니라
광주역이 가고 있더군요

고요한 밤공기
무성한 숲의 숨소리만 들리는 시각에
떠오르는 그대의 모습
더 멀리 왔는데도 선연하게 그려집니다
그래서 새로운 날이 열리는
새벽은 아름다운가요

왜 구비가 있나
—한재의 호반에서

별 외로 잡아버린 산 그림자
하나씩 부여잡고
잔잔한 한재의 호수에 점벙점벙 뛰어드는
그대, 그대, 나의 마음

저 멀리 비춰오는 광주의 불빛
석양에 빨려드는 산 능선
휘어진 허리
구비구비 튀겨내는 화음의 호반 위에
반짝이는 별빛
마음, 마음, 마음————.

산 구비처럼
사연으로
여정처럼
투영되어 물 구비 남실남실

별빛으로 밤새 내 건져 올려
별빛에 비춰보고 싶다
건반을 두드리고 싶다
'왜 구비가 있나'
호수를 통째로 들이키고 싶다
부여잡을 구비가 무엇인가

석양빛에 물들여 타는 마음

한 하늘 아래서

삼태성 별빛이 유난히 반짝이는
내 있는 화순 절동
제주에는 비가 온다고
한 하늘 아래서

침묵이 별빛으로 솟아오른다

그대여 이 비 맞고
기(氣)가 비상(飛翔)하소서
겨울 빗소리
님의 품이 그립습니다

반짝이는 별빛
마음과 마음이 사랑을 싹틔우나 봅니다

한라산에 하얀 눈꽃을 피워내는
하얀 마음

내 가슴에 밤눈이 내리고

가을 여정

노란씨봉 받쳐 든 산국화가
꽃잎을 뒤로하고 나는 듯
담 안 콩밭에 심어논 수수 목이
고개를 수그리고
소근거리는
돌담 위에 익은 호박이 발그레 웃고

담 넘어 방풍 집 뒤 안 감나무
홍시에 햇살
그대 마음으로 달아오른다

홍시 따려 쳐든 고개
대롱대롱
내 고개
거나한 취기에
홍시가 왔다 갔다
두 개 되었다 세 개로
내의 고개 홍시 되어 대롱거린다

산(山)이 된 해송

산을 가슴에 묻어 둔
해송(海松)스님은 마음이 산이다

먼 능선 자락 하나 거머잡고
한 구비 돌 때 마다
해송스님은 뫼 산(山)자 화두를 물고 오른단다

산은
어설픈 사람보다
어설픈 사랑보다
어설픈 사유보다
어설픈 사관보다
어설픈 사상보다
더 깊고 관대하고 자비롭게
허튼짓에 요절을 내는 산이란다

가로놓인 물
건너는 해송스님은 산(山)이었다

산다는 것은

회유의 대상이
정점(頂點)의 공이다

바라보다 바라보면 보일 것이다
보지 않아도 보일 것이다

산다는 것은
생각한다는 것이다

산다는 것은
행동으로 결행하는 것이 아닌
직관이다

계산서실(谿山畵室)

사방을 두리번거리는 옥잠화
화실 켠 산 내음이 물씬 묻어 내린다

간살 지른 사립 울에
주렁주렁 열린 얼음 넝쿨 아래
봉선화 피었다
매화나무 가지를 홰 삼아 주루룩 앉아있는
검정 닭들이
우리의 땀을 시원하게 드리워 준다

청매화 가지 위
닭들은
구구구, 꼬꼬꼬
노래를 할 때
산사의 종소리가
인간의 고뇌를 걸러내듯
은은하게 깔린다

계산선생이 내어온
연한 녹차 빛 차향은 코끝에 어리고
혀끝은 감미롭다

무등산 산록의 차밭에 어둠이 깔리고
건너편 가로등 불빛이
오늘날의 행적을 되돌아보게 하는
새인산성 돌고 돌아 내려온
육신을 기로 돋아내는
차향

가지가 흔들릴 때마다
조여드는 닭들이
시조 가락에
자울자울
구구구를 연송하는
계산화실

바람 앞에 왜 섰는가

황토 위에
솔잎 위에
댓잎 위에
수렁 위에 피운 눈꽃

휩쓸고 돌 때 나는 바람이었습니다

흔들어 버릴까

황토밭 이랑가
쭝긋쭝긋 서성이는 해바라기
바싹 마른 멀대 위에
멀쓱히 스치는 바람의 숨결로
쌓아 올린 송이송이

바람 탄 꽃대에 치세운 설벽
바람에 휜 허리
씨봉 위에 피는 백화는 한 폭의 명화였다

메마른 나의 가슴 뻥 뚫은
눈꽃
싱그럽다 상큼하다

백화를 받쳐주는 마른 꽃의 향

해 따라 지고
설원 위에 핀 마른 꽃의 여운

날마다 부정의 꼬리표
금관자 서슬에 입도 뻥긋 못하던 시절
대쪽, 독재 치정의 대쪽, 누굴 위해 울린 종이
었길래
금관자를 탓하려 들지 않고
진짜 대쪽이라고 빳빳이 세우고
대를 나무, 나무라 하고
아구리가 얼매나 컸던가 늘름한 망나니 세상

걸렸구나
터졌구나
작은 놈은 조금 묵고
큰놈은 더 큰 놈 묵고
더 큰놈은 더 큰 놈 묵고 더 더 큰 놈으로
엮어지는 끗발
전설 같은 몇 백억 몇 처언억
악다구 쓰면 뼈다구라도 물려주는 세상

먹은 놈이 또 악다구
대가리 되려, 야무지게 보이려고 악다구
물고 뜯고 짖고 으르릉~~~~.

오직 국가와 민족을 위한
민이 주인인 민초들을 위한
민주의 양심이라고 적임자라고
불어라
불어라
바람아 불어라

궐기 세상
그것이 민주주의란다
그것이 의회주의란다
그것이 지방자치제란다
그것이 민주국가란다

그립다 그립어
마른 꽃의 향기가 되는 해바라기
차라리 너는 향그럽다
차라리 차라리 백화를 피우기 위해
그 세찬 바람 앞에 섰으니

새들도 함부로 범접하지 않는 봉황 출현

무등산 지산에 사는
은자가 권하는 송선주(松仙酒)의 술기운이 번질 때
'자연의 이치가 바로 인간의 도'보다 났지 않느냐
고 한다
새만 보더라도
먹는 것도 다르고 나는 것도 다르고
우는 것도 다르나
봉황이 출현하면 함부로 범접을 않는 법이야

전깃줄에 주루룩 앉은 참새들은
방아 소릴 그치길 기다리느라 입방아를 찧어대
는 거여
종달새는 체공을 하느라 우지짖다가 내려앉고
까치가 감나무에 집을 짓고 살면서 홍시를 쪼아먹
으면서
쨱쨱쨱 반가운 소식을 전하는 거여

새 중에 가장 적은 뱁새 봤지
그들은 탱자나무 가시 사이를 누가 누가 잘 뀌나
포르륵 포르륵 날지
물총새는 꼭 냇가의 죽은 나뭇가지 위에 앉았다가
부리로 물고기를 잡을 때 나는 총소리가 노래로

봐야 하고
  딱따구리는 구멍 파는 것이 노래로 봐야 허것제
  그리고 뜸북새는 누우렇게 익은 논두렁에서 듬북
뜸북 노래하지만
  나락에는 하나도 해를 입히지 않아

  그러나 수리는 봄이면 마당에 노니는 병아리 둥지
위를 빙빙 돌고
  독수리는 하늘 높이 올라 무서운 발톱으로 먹이를
낚아채는 위세로
  금수의 왕이라 혼자 하늘 높이 높이 오르지
  까마귀는 동네 앞산에 앉아 까악까악 우는 것은
  우리가 다 아는 것 아녀
  비둘기는 해 저물녘 대밭에서 울고
  부엉이는 밤이면 큰 눈을 밝히지만 해가 없어 부의
상징으로 삼지
  먹을 것까지 뜯뜯 긁어 파며 먹는
  닭한테 먹이를 주지 않는다면 자네의 얼굴마저도
긁어 파것제
  그런데 수탉은 먹이를 놓고 구구하며 암탉을
홀리제
  알을 낳은 암탉은 무어가 그리 서러운지 꼬꼬대
꼬고댁 울지만
  새벽을 알리는 장탉은 회를 치고 세상을 깨우 것이
우는 것인지

가을하늘 기러기는 높이 날면서 항상 사람 인자로
날지
　짝을 잃으면 외롭게 힘을 잃지
　소나무에 긴 다리로 서서 졸다 웍하며 비공을
하는
　학은 누구를 깨우는 소리가 아니라
　음험한 놈들을 오금 들게 하는 소리여
　그러나
　공작은 꼬리를 활짝 펴 아름다움을 내어 보이고
　꾀꼬리는 남의 노래를 못 부르게 노래를 하는 겨
　봉황이 벽오동에 깃 드리울 때 노래 부른다네 알
것는가

쪽빛으로 그린 독도

억만 겁으로 치는 파도
부서져 쪽빛 보료가 되는 경외스러운 독도

들어온 데 없는 백두산 천지 물이
압록강물이 되고
수평선이 되는 이 강토
마라도와 백령도, 남서단(南西端)의 설정은
민족의 염원으로 솟는다
용암으로 응혈된 동단의 첨병 독도는
도옥섬이 아닌
억만 겁으로 치고 또 치는 물거품까지
쪽빛으로 가라앉혀
민족의 아침, 미망(彌望)으로 틔워주는
동단의 파수꾼 독도, 독도(獨島)는 신선하다

한민족의 원대함을
쪽빛으로 출렁거리는 독도는
우리의 눈이요
우리의 신경이다
물머리

아흔다섯이라는 엄나무집 할머니
아직꺼정 정정하다

말갈기 치 세우고 달리는 치우에
무심히 차오르는
주암호의 물머리*를 자꾸 걷어 올린다
호반의 수면을 두드리는 천연의 소나타와
엄나무 잎을 퉁기는 빗방울 소리에
청개구리가 운다
엄나무집 할머니 청개구리 울음소리에
'으응, 니가 또 울면 어쩐다냐,
물머리는 어디꺼정 올라가라고, 우메 어쩔꼬······'
엄나무 잎의 환상곡에 눈을 지긋이 감으며
'니가 또 우냐 으응, 물머리가 또 올라가문 어쩔
꼬······'

*물머리: 주암호에 비가 와서 물이 차오를 때 유입수 쪽에 형성
된 물태

꽃이냐 눈물이냐

그 무슨 한(恨)으로
온 대지에 흰 꽃을 날리십니까

취송백화(翠松白花)
이상(思想)의 꽃은
애환의 눈물입니까

사뿐사뿐 날리는
묘공(妙空)의 진화(眞花)입니까

천평선(天平線)

회청색 보료 위
봉긋봉긋 솟은 원대한 이상(理想)
형광으로 덧칠하는
천평선

삭고 삭아 나는 맛이라면
썩고 썩어 나는 빛이라면
태워도 타지 않는 것이라면
사색의 영원한 꽃

고뇌와 의지
결행으로 펴는 인간의 봉미선(鳳尾線)

광주 4·19혁명 그날

그날 이곳은 분노와 저항으로
끓어오르는 분화구였다
철철 끓는 젊은 혼은
종을 울려 부패와 불의와 독재 타도를 외치며
자유와 평등, 민주를 향해
혁명의 도시, 광주를 질주했다

저항의 함성은 거리거리 골목골목 지축을 울려
사악한 압제의 사슬을 끊고
희망의 새 역사를 향해 질주했다
1960년 4월 19일!
그날 피 흘려 쌓은 혁명의 터에
그날 그러했듯 우리는 오늘도 내일도 영원히
타오를 정의의 횃불을 밝히리라

자유여 영원한 소망이여

자유여 영원한 소망이여
피 흘리지 않곤 거둘 수 없는 고귀한 열매여
그 이름 부르기에 목마른 젊음이었기에
맨가슴을 총탄 앞에 헤치고 달려왔더니라
불의를 무찌르고 자유의 나무의 피거름 되어
우리는 여기 누어있다
잊지 말자 사람들아
뜨거운 손을 잡고 맹세하던
그날 4월 19일을

4·19 광주학생혁명이여

꿈을 소중히 가꾸어 나갈
청춘의 도시 광주여

민주 자유에 타는 목마름으로
부정부패에 배움을 박차고
맨몸으로 총 칼 앞에
'3.15 부정선거는 무효'라고
금남로와 전남도청광장에서
고귀한 생명으로
총궐기하자고
종을 치며
자유와 통일을
4월 19일 갈망하였노라

인자(仁者)들이여 높이 솟으소서
크게 멀리 보자

4·19 광주학생혁명의 노래

해 저무는 강나루에 술 익어가는
반만년이 꿈속이라.
만국(萬國)이 회동(會同)하는 민국의
사민(社民)이 일가(一家)로다.
구구세절(區區細節) 다 버리고
상하동심(上下同心) 동덕(同德)하세.
남의 부강(富强) 부러워하지 말고,
범을 보고 개 그리고,
봉을 보고 닭 그린가.
문명 개화(文明開化)하려 하면
실상(實狀)이 제일이라.
못의 고기 부러워 말고
그물 맺어 잡아보세.
그물 맺기 어려우랴,
동심결(同心結)로 맺어보세.

4·19 의혈(義血)의 함성

우리는 불의에 항거하노라
가슴 시원하도록 부르짖노라
목이 터지도록 외쳤노라

산천은 모두를 사하여 준다 하여도
우리는 사하여 줄 수 없는
60년 4월 19일

순수함으로 가득한
전국 고교생들의 의혈은
강단을 뛰쳐나와
전남도청 광주분수대 앞에서
오직
이 땅에
민주성전의 주초를 쌓기 위한 마음으로
의혈의 봉화를 올렸노라

향학에 불타오르는 젊음을 미루고
우리는 우리의 민주성전을 짓기 위하여
전남의 도청
광주의 분수대로 뛰어왔노라

우리는 민(民)이 주인이 되는 성토의 주인이기를
자처하노라
그 책무와 사명을 다하기 위하여
외쳤노라
우리는 비록
오늘은 배우는 학생들이오나
오직 민주를 갈구하기에는
거침이 없고
사명을 다하기에 부족함이 없는
대 한국인

우리는 국민의 임무를 다하기 위하여
우리는 여기 왔노라
우리는 외쳤노라
대 한인의 분노의 함성으로
민주의 봉화를 올리노라

광주의 노래

민주의 성지 광주에 은행꽃비가 내리면
무등산 골곡 가지마다 꽃등을 내어건다
피지못한 모란은 서리에 지고 말았구나
民이 주인이 되는 대동세상 밝아온다고
역사의 기로마다 일어선 호남인의 기절

흰 구름 감도는 무등산 천지인왕봉마다
광주의 5월 정신 아지랑이로 피어오르면
民이 주인이라고 외치는 민주벌의 함성
날마다 달마다 대동을 이루는 민주성지
우리 민족과 겨레의 영원한 민주의 기치

새벽 별 반짝이는 광주 민주의 성지에는
민주성산 무등산의 금강석이 빛나고 빛나
民이 주인되어 영원히 빛날 민주의 분토
여망의 빛으로 터오를 광산의 촉날이여
정의의 민주 깃발로 위대하게 나부껴라

5·18 광주와 군부의 반란

광주의 1980년 5월 17일 밤은
군홧발 소리가 요란스러운 밤이었다

이어지는 군화 발소리 들려오는 세워 총 하는 구령
아침에 전남대학교의 주변을 에워싸는 집합 소리
기합 소리 등교하는 전남대생들을 겨냥하며
짐승몰이하듯 쫓고 쫓기는 필사의 쟁탈
삭막한 아비규환의 전남대학교의 정문과 후문
골목들

더 넓게 선포되었던 위수지구 사령부의
점차 전남도청 앞 분수대 광장으로 모아들어
당시의 김대중 구속을 풀어주라
"김대중을 풀어주라", "김대중을 풀어주라"를
연호하며 광주시민들은 도청 앞 분수 광장으로
광장으로 연호하며 모여들었다

도청 앞 분수광장은 아침부터 분수는 하늘로 솟
구치고
낙차되어지는 물방울들
오싹—,

광주 금남로 도청 앞은 페퍼포그 차들이
철저하게 막고 차단하였다
금남로 진입하기는 페퍼포그와의 격전이 벌어지는
죽느냐 나느냐의 일전이었다
수 없는 궐기를 하고자 하는
광주시민들은 경찰의 저지선을 넘어서서
도청으로 물을 만난 고기처럼
파닥이며 생사를 달리했다

전남도청도 접수를 했다
점령군들의 희열은 이루 말할 수 없었다
자유와 정의로
서울의 봄을 외치듯 민주를 외치던 군중들은
만세를 불렀다
분수대에 대형 태극기를 덮어놓고
점령의 날의 밤을 맞이했다

광주 5·18은 민주혁명이다

광주의 1980년 5월 18일은 민주주의의
끊이지 않는 훈련의 트레이드마크 같은 곳이라
우리나라 하 많은 지역 가운데 첨언하고 싶다.
5월 17일 밤에는 태풍의 전야와 같이 군화 발소리가
요란스러운 전날 밤이었다

이어지는 군화 발소리와 들려오는 '세워 총'하는
구령에
18일 전남대학교의 주변의 아침을 에워싸는 집
합소리
기합 소리 등교하는 전남대학생들을 겨냥하는
짐승을 몰이하듯 쫓고 쫓기는 필각기의 쟁탈전이
삭막한 아비규환의 전남대학교의 정문과 후문
골목들

더 넓게 선포되었던 위수지구 사령부의
점차 전남도청 앞 분수대 광장으로 모아들어
당시의 김대중 구속을 풀어주라고,
"김대중을 풀어주라"를
연호하던 광주시민들은 도청 앞 분수광장으로
광장으로 연호하며 모여들고
시위를 제재하려는 경찰들의 수송 차량과

최루탄 발사 차량 등이 금남로 도청에서 금남로 4
가까지
　연이어 장사진을 이루었다

　도청 앞 분수광장은 아침부터 분수는 하늘로 솟
구치고
　낙차 되어지는 물방울들은
　오싹—,

　광주 금남로 도청 앞은 철저하게 페퍼포그 차들이
막고
　차단하였다
　금남로 진입하기는 페퍼포그와 일전이 격전이 벌
어져
　죽느냐 사느냐의 일전의 강인 것만 같았다
　수 없는 궐기를 하고자 하는
　광주시민들은 경찰의 저지선을 넘어서서
　도청으로 물을 만난 고기처럼
　파닥이며 생사를 달리했다

　전남도청도 접수를 했다
　점령군들의 희열은 이루 말할 수 없었다
　자유와 정의로
　서울의 봄을 외치듯 민주를 외치던 군중들은
　만세를 불렀다

분수대에 대형 태극기를 덮어놓고
점령의 날의 밤을 맞이했다

21일 3시의 새벽 총소리

아침 일찍부터 술렁거렸다
나는 우리 전남매일신문사를 지켜야 하는
본연의 임무가 있는
언론사의 사명을 짊어지고 있다

이율배반적인 언론인으로서 말로만 번지르르한
빛 좋은 개살구였다
공명정대한 언론의 공평 정대하게 치우침이 없기를
시대의 사명으로 한다는 언론의 책무를
군홧발에 무참하게 짓밟혀버린 무관의 제왕,
아 부끄러웠다

21일 어김없이 날은 밝았다

오후 3시면 발사를 한다는 예고—,
점심시간이 지나가면서 점차 태풍의 전야같이
고요함이 촉감으로 다가오는 오후 3시
고요를 뒤흔드는
어김없이 나는 총성의 오후 3시,
빠바방, 빠바방, 빠바방~.

궤적도 흔들이지 않고 총알이 뚫고 나아가는 총성
의 3발에
 답은 인간의 외마디 비명소리
 우리 전남매일신문사는 지역사회봉사가 캐치프레
이즈였다
 그러나 화가 나면 분풀이를 하는 것이 인간이라
는 것
 우리는 부끄럽지만 만약의 경우를 대비하여 입출입
을 철저히 했다

 계엄군 2명이 우리 신문사 건물 후문으로 불쑥 들
어오는 것이었다
 나는 계엄군을 가로막아 서면서
 "어디 군바리들이 감히 무관의 제왕인 신문사를
 군홧발로 짓밟으려 하느냐" 막자
 여지없이 박달나무방망이가 나의 이마로 날아왔다
 나는 여지없이 4층 중간 옥상에 푹 꼬꾸라졌다

 무차별의 5·18의 참상은 연이어 진행되었다

 시민에게 총구를 겨눌 수 없다고 작전을 바꾼 경찰

 궐기대원들의 진행로인 금남로에서 최루탄의 페퍼
포그 차량은

경찰과 같이 뒷골목으로 자취를 감추고
남쪽의 주남마을의 참상과 농성동의 외곽도로의
총성은 오금을 펴지 못하게 하였다
드디어 23일 전남도청은 궐기대의 수하에 들어와
마치 점령군들의 고지 탈환과도 같은 희열이었다
승자의 개선가의 승전가가 울려 퍼졌다

경찰과 군인이 부재한 광주의 거리
질서의 부재 속에서 단 한 건의 범죄와 폭력이
없는
질서정연한 광주
무감시 속에서 정부의 시달이 없이도
스스로 국민의 의무를 수행하면서 이웃 간에 화기
애애한 광주
스스로 지켜야 한다는 자호(自護) 자주(自主)의 의무를
다한 광주는
그야말로 날마다 아무런 사건 사고 하나도 일어나
지 않고
경찰의 치안이 부재한 상태의 광주였다

5월 26일 오후

거리를 누비고 달리는 궐기대원들의 찝차에서
때가 되면 주먹밥을 나누어주면서
오늘 밤 새벽에 계엄사령부에서 작전명령이 개시된

다는 방송
　그러니 내일 새벽에 전남도청으로 나오셔서 생사를
　같이 하여 주시기 바랍니다

　거리의 밤공기를 가르는 짚차는 광주시내를 누비
며 방송하였지만
　공포의 분위기만 더해갈 뿐이었다

　5월 27일 새벽을 뒤흔드는 총소리

　총소리에 잠겨 드는 공포는 궐기 시민들의 싸늘한
시신이 되어
　계엄군들의 군 트럭에 실려 어디론가 실려 가는 트
럭의 바퀴소리
　공포에 질린 광주시민들은 의아함 속에 생사를 확
인이라도
　하듯 골목골목에서 나와 군 트럭이나 군인의
행적을
　더 따를 수 없는 것이 계엄군의 광주를 들어왔다

　전남도청으로 들어간 다음 다시 상당히 오랜
시간을
　금남로에서 도청 쪽으로 발걸음을 재촉하며 목적
지 없는
　5월 18일 광주인으로서 나섰던 의기(義氣)를 품은

시민들이나
　광주에 혈연이나 지연이나 학연이나
　무릇 소의(小義)에서 대의(大儀)를
　위하여 재촉하는 발걸음들이
　광주의 새벽 3시의 운무를 벗겨내면서
　지축을 흔드는 총소리와 안도의 숨을 몰아쉬며
　도청으로 모여들었다

　총소리가 가르는 인간의 심성은 둘로 나누었다고
말하고 싶다
　금속성의 고막을 째는 소리 중에 인간의 기력을 쇄
진시키게 하거나
　한편으로는 쇠잔되어진 기력을 모아 다시 응전을
하겠다는
　책무의 한계성으로 나누어지는 인간성, 그래도 인
간답다는
　누구나 죽음 앞에 죽어 이름에 누를 자처하는 사
람은 없으리라

　27일 주인 없는 초등학생의 책상

　총소리는 왜 났는가를 모르는 초등학생 등을 비롯
하여
　곳곳에 이름 없이 비어있는 빈소가
　이름 없는 매인의 빈소가 처처에 흐느끼며 울먹이

는 광주는
개학을 하였다

주인 잃은 책걸상의 책상 위에는 국화 한 송이가
떠나가신 님을 기다리듯이 흐느낌으로
흔적으로 대신하는 초등학교, 중학교, 고등학교의
빈상의 누각은 슬픔으로 잠겨들었다

4부

버리고 간 바람아

버리고 간 바람아

가만히 있어도 흔들리는 것이
겨울을 버리고 간 바람같이
나무의 밑둥치를
뽑아버리기라도 할 것 같이
두고는 보지 못할 것 같은
심지를 비견하는 양
흔들고 흔든다

어쩌다 흔들리는 양이면
가만히 두고는 못 보겠야마는
동토의 혹한으로 더 하고 불어대어
견디질 못하게
설한의 냉혹함을 가하고 가해
무디고 더디어질지라도
기에 질려 흔들릴지라도
못 미칠지라도

산국이 얼굴 붉힌 까닭은

저의 움막 사립 돌담 아래에
그전 집에서 캐어다 심은 산국이
오늘 아침에 보니 흐드러지게 피었습니다

산국화가 바위 위에서 필 때
분명 새하얗게 피었는데
살풋 살풋 핑크빛으로 피어나는 산국화

산국(山菊)이 가국(家菊)이 되려 붉게 타는지
내가 산국을 붉게 타게 하였는지
왜 산국화가 얼굴을 붉히는지

나는 그걸 모르면서
괜히 나의 볼만 달아오를 때
붕붕거리는 벌들

아침부터 내 가국을 지것으로 아네

사평 장날

청죽 잎 적신 님의 눈물

작열하는 여름 소나기가
건반을 두드리듯
산 기운 들 기운 푸르름으로
수채화를 그리는
사평 장날

임을 두고 왔어도 좋고
임이 없어도
수막을 드리우며 달리는 치우에
흰 대, 솔침은
꼿꼿이 푸르름으로 솟아오르고
호수에 점벙점벙
운율의 건반을 두드리는 소나기

사평 장날 비 맞은 장 닭이 되어
주모의 넉살에
막걸리 한 사발 들이켜며
맞장구를 치니
솔밭에 송도(松濤)가 일고
대밭에 죽성(竹聲)이 들려오는
수막의 운무(雲霧)가

응어리, 열기로
후두 두둑 녹아내리는 회한의 정—,

여름 소나기가
내 가슴 씻기고 씻겨 내린다

빗장을 다시 거는 술

그대를 대할 때마다
나는 알몸으로
신(神) 대를 움켜쥔 무녀가 된다

땅거미가 질 때가 되면
아련한 환상의 노예가 되어
사슬을 끊고
그대의 환영에 풀무질을 한다

능란한 무도의 칼날 위에
섬광을 일으키며—,

회심의 풍선을 띄우며
그대의 초혼가가 들려오는
암울한 도랑물이 흐르며
주눅이 들어
슬픔에 잠기노라면
푸르른 허심(虛心)의
깡을 우적우적 썹어대며
무이도가의 악녀를 쫓기 위하여
환무(幻舞)를 덩실덩실 춘다

그리곤
날마다 그 자리로 다시 돌아와
결별을 고한 뒤
다시 빗장을 거는
술

용봉호의 연꽃

어제 노란 이파리들이
자락 깊숙이 드리운
순수함으로 솟구쳐 오르는 힘
연지 속에서 장심 세게
수면 위로 속 내어민 연화봉(蓮花峯)
어이 꽃봉오리라 하리

어제와 오늘을 갈락 지으며
표표히 떠받친
연꽃, 화봉의 자태
소홀히 어그치지 않으려
응집되어 핵으로 분출시키는구나

과거를 사르고 형상화시키려는
오늘,
봉접의 낙원에 향을 날리는
비단잉어들의 홰치는 물결 속에
인간의 욕망처럼
소소하게 피워내는구나

용과 봉이 어화둥둥 회무리진다는
용봉호—,

웅지와 기개의 바탕으로
기상의 나래를 펴듯
솟구쳐 오르는 꽃대의 허연 속살
쟁염의 목마름으로 해갈시켜주는 물과
지기로 발산시켜 피는 연꽃

저 높은 무등산에 휘감겨드는
흰 구름 홀연히
끌리듯 비상하는 용봉호—,

용봉의 호반에는
젊은 날의 사상처럼 활짝 피워내는
연꽃이여

연싹들의 하모니

연지(蓮池)의 싹들이 펄 속에서
싹을 내어밀듯
물 위의 무름들이 일제히
천하에 둘도 없는 사유로
한 무름 두 무름
비 개인 청명한 아침 햇살에
하모니를 방실방실 이룬다

물 위에 뜬 여린 싹들이
형형색색
빛을 모두면서 서서 받으려
우리네 마음까지 물들여지게
신선함으로
무아경으로
세심하라

빛으로 튀겨주는
연 싹들의 하모니는
봄날의 아리아

꿈으로 오늘도 처얼썩

아침

환생을 감싸는 융단 같은
새벽안개가
서곡의 무라처럼
산골에서 피어오르는
선녀의 율동

오늘도
내일의 여망으로
그대 앞에
차디찬 볼을 부비며
버겋게 달구고 달군다

무동의 고요 속에서
미동도 없이
희망의 빗살로
버겋게 타오르는구나

내일만이 아닌
영원이라고
덩실허니
그대 앞에 떠오르는
빛으로 밝혀드리고 있다

빗장을 거는 무녀

그대를 대할 때마다
나는 물음표로
신대를 움켜쥔 무녀가 된다

땅거미가 질 때가 되면
아련한 환상의 노예가 되어
사슬을 끊고
그대의 환영에 풀무질을
능란하게 주도(酒道)의 칼날 위에
섬광을 가른다―,

회심의 풍선을 띄우며
그대의 초혼가가 들려오는
암울한 도랑물이 흐를 때가 되면
표표함에 주눅어
슬픔에 흐느끼며
무색 빛 허심(虛心)에
깡을 우적우적 씹어대며
무이도가의 악녀를 쫓기 위하여
환무(幻舞)를 덩실덩실 춤춘다

그리곤

날마다 그 자리로 다시 돌아오면
결별을 고하고
다시 빗장을 건다
세워라

너 비록
꺾이더라도
부러진 끝마다 쪽침에
이슬을 맺혀
청청토록 세우며 맺혀내리라

어두움을 밝히려면
너
비록
죽도록
허옇게 허옇게
문창살의 뼈골이 송연하게
비춰나도록 세워보라

눈발을 허옇게 날려
맺히지 못할 밤이 되어도
비록
쪽침이 되더라도

홍어

바다 밑을 기면서
삵이고 삵인 홍어 애
사람들의 애간장을 시원하게
풀어주는구나

시원하다
어 시원하다. 시원해

홍어[加火魚] 애탕 한 뚝배기에
오뉴월에도 나지 않던 땀을 홈쳐대며
3년 묵은 체증이 싹 가시는
어, 시원하다

그래
같잖은 간재미가 뭣이 둘이라는 말에
어쭙잖은 주제에
거들먹거린다는
즉 홍어인 척 나댄다는 비유,

이 엄동지절에 홍어탕 한 뚝배기
목포에 가서 시원하게 훔치고 오세
어디, 답답해서 살겠는가

나는 시(詩)에 불붙은 젊은이와
흑산도 갯바람이 불어오는
남쪽 목포로 내려가 한 뚝배기 하고 왔다네
여느 해와 달리 동장군이 성성한 전장에
시원하게 한판을 하고 왔다네

어 시원하네

여름비

청죽 잎 적신 님의 눈물

작열하는 여름 억수 같은 소나기는
건반을 두드리듯
산 기운 들 기운을 푸르름으로
덧칠하는 한 폭의 수채화

님을 두고 왔어도 좋고
님이 없어도
산 들 물 기운에 녹아내린다

수막을 드리우고 치우에 휜 대
솔침은 꼿꼿이 푸르름으로 솟아오르고
호수에 점벙점벙
운율의 화음으로 뛰어든 소나기

사펑 장은 비 맞은 장 닭이 되었것다
주모의 넉살에
막걸리 한 사발 들이켜며
맞장구치는 것보담
송림의 송도(松濤)가 일고
죽림의 죽성(竹聲)이 들려올 때

수막의 운무(雲霧)가 드리워진 정경만으로도
사평 주모의 넉살보담 낫것다

웅어리, 열기로
후두두둑 녹아내리는 회한의 정―,
하늘에서 대지에 내리는 여름비
내 가슴 녹인다

민속놀이

통제선이 무너진다

경기가 시작되기도 전
초등학생들은 신바람이 났다
항아리에 땡그랑 소리만 내었다 튀어나오는 투호
어쩌다 명중되면
탈락된 아이들은 마치
자신이 넣은 것처럼 환호한다
진행자는 목이 잠긴다

팔씨름하는 선수보다
응원하는 아이들의 입이 씰룩거리며
얼굴이 벌겋게 달아
장풍을 날린다

빙글빙글 도는 줄넘기
들어가다 줄에 걸린 아이 히쭉
얼굴 빨개지고
줄을 잘 넘는 소녀의 치맛자락
하늘까지 나풀거린다

하늘에 올랐다 내려오는 널뛰기
네가 내려오면 내가 올라가고
내가 이겼어요
내가 이겼다아
내려올 줄 모르고 하늘로 펄쩍펄쩍

덕석 고싸움 하려 둘러맨 덕석이
아이들을 눕힌다
다시 덕석을 둘러매고 밀어낸다
덕석을 이기려
두 편이 같이 벌렁 드러눕는다
두 편이 서로 이겼다고 우겨댄다

출전도 하지 않은 아이가
우승자의 명단에서
자기 이름을 찾아달라고 떼를 쓴다

전래되어 온 아이들 세상
어른들도 하나 되어
웃음으로 배꼽 잡는 민속놀이

너릿재

풋보리 잿불에 꼬시라
입에 털어 넣고 넘던 고갯길

조선 동복 땅에 유배되었다
벼슬길마다 하고 고향 가시던
신재 최산두 선생님
날 저물어 고개 주막에 드니
주모 달려 나와 맞으시고
'신재 선생님 드셨습니다'
사례하자
묵어가려던 길손들마저
올곧은 선비
이 한밤 편히 모시려
어스름 산길 넘었다는 너릿재
보릿고개에도 선비를 우러른
정한(情恨)의 땅

고개의 군자목은
저 멀리 아스라한 소리에
떠가는 구름에게
스치는 바람에게
그때 그 시절 그립다하네

무아의 가수리

다랑치 나락은 여물수록 수그러드는데
볏 닢은 성성이
누우런 촉날을 세우누나

파아란 하늘
내 도랑 징검다리 구름에 싸이고
무차원 토담에 주루루 열린 조롱박들은
은빛 가득 풍선 되어
하늘 산 도랑물에 점벙거리고
칸나 잎들은 너울너울
나를 녹이려
붉게 타든 농염의 혀
오선지에 음표로 건너뛰는 가수리

산 빛
물 빛
들 빛

가을 타는 나
무아(無我)에서 나를 찾고 섰다

너는 왜 우느냐

날 새워 우는
쑥국새
트름새
단비가 내려도 노래가 아니다

아침부터 우는 트름새는
밤새 내 얼마나 마셨는지 둘러썼는지
뚜르륵 뜨르륵, 무엇이 그리 목까지 차 올랐는지
이 산 저 산
쑥국 새는 쑥국 쑥국 쑤수쑥 국
트름새는 뚜르륵 뜨르륵,
무엇을 그리
먹었길래 동티가 나
트름으로 토하는 거냐

뻐꾹새가 운다
트림새가 운다
밤새내 울다
이 산 저 산 날아다닌 게냐

불가마

벌겋게 달군 육신 하나
순수 그대로 움켜쥐고 싶다

태우고 태워 생성된
불덩이
가마에 들어갔다 나올 땐
무엇을 녹일거나
무엇을 태울거나

모두를 녹일 이글거림
수천 바퀴의 지구를 돌고도
눈을 깜박거린다

용염으로 달궈진
나의 사고(思考)
육신을 녹이고 녹이려
쟁염으로
활활 타오른 불가마

나무 나무가 되소서

가을이면 걸으세요
걷노라면

슬픔의 사연이
애증의 눈물이
욕망의 격랑이
영광의 감격이
고뇌의 낭만이
관조의 투관이

삶의 여정
바람
그대를 두고 낙엽이 될겁니다

나무
나무가 되소서

낙엽이 구르는 가을이면

그냥 가실라요

반백에 노르스름한 바지를 입은
배소양반
논두렁에서 가을바람에 실려 온다

갈라졌던 논바닥들이
언제 매웠는지
누우런 벼이삭 목들은 수그들며
여름의 시름
사르륵사르륵 걷어낸다

'풍년입니다'
'풍년은 말이시 밭곡썩이, 그렇깨
오곡이 또글또글 엉글어야제 풍년인 것이여. 알것
는가'
까치 꼬리를 치켜세운 가을바람이 스친다

배숏대부
'그냥 가실라요.'
'글먼 어째? 한잔할랑가'
카랑카랑한 막걸리 한잔
쪼르륵
물보 튼 소리가 난다

139

진도다시래기

망자(亡者)——.
백지화관[지모(紙帽)] 바람에 나붓끼고
파르르 떠는
햇살
백화(白花)로 피워내는 진도다시래기

어느 곳에 묻힐거나
갈 곳 없는 백신
가버린 넋 강하나 사이에 둔
망자의 씨——.

삼월삼질 봄날에
비껴 걸린 백화잎 날리려나
바람 끝자락 부여잡고
버선코
가녑게 떤다

치올린 옷자락
빗지른 왼발에 감고 도는 추임
만추의 낙엽 쏟아져
훌훨——.

고삿이 휘젓는 백학의 날개
애간장 녹는다
이 손 저 손으로 넘겨진 백화에
니 한을 건다
네 한을 훨훨 날린다
망자의 한 훨훨———.
바람 가른다
나무아미타아불———.

실눈 끝에
매어 달린 눈물

명가은

물 위에 뜬 자미화 송이
아침햇살 반짝
나를
갈무리 짓는 사색의 연지(蓮池)

눈 내리는 날
녹차 잔에 띄워준 매화 한 송이
빙그르 물살 그으며
피어난 봉운(鳳雲)

향——,
얼었던 매화
송도(松濤)의 찻물에서 피어
빛으로 반조시켜주는
명가은

눈 쌓이는 날
그대와 갇히고 싶소

나의 향 되게

봄은 왔는데

마음의 꽃은 언제 필꼬

새벽 달빛으로 내려앉은
매화 꽃잎

초봄의 혀로 핀 목련

찬 바람 살포시 다가서는
영춘화
노오란 화봉에 비춰나는 봄
솔침에 빗긴 바람
반짝이는 봄

봄은 왔는데
봄은 되었건만
차가운 너와 나의 마음

5부

추억의 영사기

추억의 영사기

아득하게 보이는
잿빛 뿌려진 겨울 바다에
섬이 없었더라면
나는 무엇으로
관객과 소통되는
무성영사기가 되었을까

아리아리하게 돌아가는
삶의 애환도
견디어 내게 하여주는
주인공같이
변사 없는 영사기에서
찌이익 찍, 소리를 내며 돌아가는
3류 극장의 스크린같이

가고 오는 정분으로
누비며 돌아가는 누비이불같이
두텁게 시나리오가 풀려나오는
그곳
꿈엔들 잊히랴

바다의 바람아

씨 없는 바람이
어찌 그리 부는 게냐
너는 무어더냐
어데로 그리 씨도 없이도 부는 게냐
바다 깊이를 재려는 게냐
바닷물을 출렁거리게 하려는 게냐
하늘 높이를 재려는 게냐

해와 바다가 눈 맞아 휘몰아치는 게냐
해우로 출렁거리는 게냐
풍파의 그네를 타는 바람아
물이 바람이 되었다더냐

눈 맞으면 어디 바람만이더냐
바람에 이끌리다 울어버리고 마는 비가

어데로 흐르더냐
어디 비만이더냐

내 가슴 뻥 뚫고 가는 것은 무엇이더냐
언제 꽃을 피워 향 날리고
씨 맺히려 불기만 부는 게냐

지평 위에 그린 그림

그토록 불러보고
그려보고
갈구하다
교감으로 이루어내는 농숙(濃熟)의 품새

미동도 없는 날
날 수 있다는 것은
맨 하늘에 그린
사색의 정제
절제되어진 지평 위의 단아

백천고(白天鼓)
아니야
아니야

무한과 여망에서 녹아나는
교감의 미학

고해로 추는 비천무(飛天舞)

의와 절이 백제인의 예인가

나는 충청도엘 자주 간다

그러니까
인연이라는 말이 참으로 알다가도 모르겠더라

그래서
논산에 가서
논산을 위한 시를 읊었던 일과
강경 젓갈 축제 전야제에서 느닷없이
즉흥시를 읊었던 인연이

그래서
나는 논산, 백제의 고도에를 갈 적마다
황강 사계 신독제선생들의 의미를 되새기며
돈암서원엘 더러는 들른답니다

그때 논산을 위한 졸고를 올려봅니다

예(禮)로 꽃을 피운 논산이여
바람아, 바람아
천년을 불고도 매이지 않는 황산 벌 바람아
오늘을 사는 우리에게는 어쩌란 말이냐

계백장군의 단심(丹心)을
그 어찌 고이 잠들게 한다더냐
그 어찌 한으로 남게 한다더냐
그 어찌 반감이 되게 한다더냐

풀무가 되어주랴
화염이 되어주랴
깃발이 되어주랴
저기 저,
두둥실 떠가는 구름도 바람의 그리메이더냐
흐르는 강물도 바람의 영원한 눈물이라더냐
오늘의 저 대금 소리도 단심의 호곡이라더냐

무한한 우리의 사상으로 흐르더냐
영원한 우리의 깃발로 나부끼더냐

백제인의 그 마음
기벌포의 그 기상

강물도 허물지 못하였으리
풍상도 못 시들게 하였으리

의(義)와 절(節)을
예(禮)로 꽃피우는 논산이여

대 한국의 깃발로 나부껴다오
이 민족의 기상으로 불어다오

묵언과의 눈 맞춤

요사스럽지 않은 여귀꽃 수술을
나는 아침 일어나면 눈 맞춤을 한답니다.

조선시대
그러니까 500여 년 전
식영정 주인 서하당 김성원이 심어 놓고
이 꽃이 좋아 맴을 도시다 짓는
짓는 시 한 대목의 여귀꽃

조선시대 그대로
나와의 눈맞춤
그냥 좋아 눈 맞추는 꽃이 아니랍니다
이 여귀꽃은
저의 스승이신 이당 선생님 댁에서
몇 년을 벼르고 벼르다
어렵게 말씀드려
어린 싹을 파다 심어 핀 꽃이랍니다

빠알간 주렴을 주렁주렁 달아 느린 고개
수그리고 수그려 수줍어하는
여귀꽃과의 눈 맞춤
기나긴
묵언과 눈 맞추게 하는 여귀꽃

자존의 가치

천금을 모으려
마음의 병으로 사는 사람이 있는가 하면
순간의 가치를 더 중히 여기기
위해
천금을 날리는 사람도 있답니다

천금을 가지고도
죽음의 직전에서 후회하는 사람이 있는가 하면
죽음의 순간에도 천금보다
가치를 존귀하게 여기는 사람도 있답니다

그것은 오직
자심(自心)의 가늠대로 비롯되어지는
형평―,

그
자존의 가치
터억 올려 놓아봅시다

눈은 천연의 아리아

잿빛 하늘 설비침으로
나의 마음 보송보송 피어나게
터치하는 날

순결스러움도 오래지 않으려
수정 같은 순간
나를 순간에서 영원으로
날려주면

솜살 같은 그대의 숨결로 가만히 다가와
녹아내리는
G선상의 아리아
자존의 리듬
그 하모니에 노래 부르리

맺혀내지 못한
눈 같은 갈구
살풋 살풋 날리는 눈이 되어
그대에 안기려네

잿빛을 투영시켜 부심이 되는
눈빛
타는 태양보다
강렬하게 사랑이 되어
노래 부르게 하는 눈
그 밤이면
가만히 부르오리

인연이란

이발을 할 때 내 다니던 이발사는 나의 머리를
아래에서 위로 가위로 잘라 올라가면
위로 올라갈수록 점차 숨이 거칠어지다가 정수리
에 가서는
숨이 차올라버리는 이발사였답니다.

왜 나는 그 이발사만 찾아다녔는지 그땐 몰랐다
온몸으로,
이발을 하는 사람을
그래 나도 온몸으로,
정열을 발산시키는 사람이 되어야겠다고—.

물론 지금은
그 이발사에게 나의 머리를 맡길 일이 없어졌지요
그 이발사는 어디서
지금도 온몸으로 남의 머리를 깎고 있는지는 알배
아니지만
온몸으로 이발을 해주는 그 모습이
나에게 영원히 남아있다

내 머리를 깎을 일이 없으니 말이다

그러나 나의
감성이
감각이
사물의 관조가 헛보이지 않는 사관이
나를 지배하여
벼리 줄 하나만 당기면 따라 올라오는
인연이면 좋겠다

한라산
―길 없는 길

물길 천 리
바람 천 리
은하수 산 한라산에서 영춘의 실 코 찾으러
댓잎에 실려 가는 나그네

그림자 드리운 수평선 넘어 너머
온 민족 맞이하려 대낮까지 불 밝힌
백천(白天)에 민족의 종지를 모은 영봉 백두산
길 있어도 가지 못한 산
제주도에서 치고 친 파도의 거품일까
민족의 염원으로 서린 한의 서림일까

강낭콩 콩꽃 이는 제주

아――.
무공이 부는 대금의 청공은 떨고 떤다
임이 없어도 좋다

열고 지우며 가는
길 없는 길

끝인가
기점인가
강낭콩 바람에 실려 가는
백두산 나그네

한라산 영실(靈室)

정지(停止)──.

두 줄기 쭈우욱 긋다
멎어버린 순간
솟구친 암벽의 얼음기둥
쫑긋쫑긋 서성이는 석상의 군상들
사랑을 삭히고
시름을 사르고
내리뻗치는 백록담 외벽, 영실

천년 푸르고 죽어 천년 붉은
적송 숲
제주도 서귀포시 하원동 산 1번지
영실은 우리의 기를 돋구어 주는 숲이자
아름다운 숲 우수상 받은 참 솔숲
무공의 대금 소리
아침의 영기로 쫑긋거리고
나한 석상들도 고개를 숙이고

잔설 비집은 별빛 산죽
은하수 타고 내린 선녀산

틀고 틀어 오르는 저 하늘
황톳빛으로 비천하는 저 참 솔
하다못해 잡풀까지 잡 풀이 아니다

해발 1,520미터
아 하하하～～～～,
아 하 하～ ～ ～ ～ ～,
아 아 아～ ～ ～ ～ ～ ～ ～.
지나간 허울 훌훌 벗으러 오르고 또 오른다
웃으며 목청을 돋운다

오르고 오를수록
숫고 숫은 봉우리
별 밭 영실에 내 섰다

왼편을 오롯이
저 하늘 끝까지 지키려
주봉은 천야만야 단애를 이루고
오른편 떨어져 내리는 폭포의 낙차 소리
병풍으로 둘러치고 속세를 씻어주는 영실

바리 바리마다 인고의 세월로 잠재워

가지가지마다 세월로 쌓고 쌓아 틀어 올려
푸르름으로 일으키는 무한의 제주
백록담 선녀들의 숨결 들리는 영실

새소리 물소리 바람 소리
아득한 수평선 너머 가물거리는 고뇌

햇살은 나를 비추고

파주노빨남
오색깃발을 꽂은 여인
제주항 부두 국제여객선 터미널
파도는 참으로 행복하다

방파제 뚝 안 시멘트 바다 위에
하늘을 지붕 삼은 외국인
무공은 떠오르는 태양에 망연히 좌선하고
빛을 잃은 등대 아래 무심한 파도는 철썩 철썩
떠오르는 아침 햇살은 누구에게나 사랑을 하듯

일출의 붉은빛
신선한 아침
나는 무엇을 던져야 하고
나는 무엇을 벗어야 하는가
바닷물 위에 달려드는
햇살에
나는 무엇을 비춰 보아야 하는가
저 바다에 떠 있는 배도 주인이 있다
그러나 거대하고
억만년을 이글거리는 저 태양은 분명 나의 태양
인가

어찌 나에게 달려드는 게냐
나는 행복하다
태양이 달려들기에
옥빛 물살이 철썩이는 파도가 있기에
무공 제의 대금 소리가
아득히 음률을 더해주는 제주도이기에
태양은 빛 잃은 등대 그 자체를 비추면서 묻는다
빛의 존재를—,
삐뚜름하게 눌러쓴 모자의 채양을 슬쩍 치는
방파제 위를 뛰어가는 40대 여인
나의 태양을 훔치듯
나의 눈과 마주치다 달린다

띄워 보낸다
만나고 헤어지는 사연을

우공(牛空)의 모습이 아득하게 멀어져 간다
무공 제와 금학이 탄 택시의 꼬리가 잘리고
우공의 모습이 제주항 물결에 잠길 때
바람이 살랑거린다
빛으로 출렁거리는 제주의 아침은 신선하다
나의 태양이 비추기에

공에 띄우는 연서

아침 해가 목욕을 하고
실오라기 하나 걸치지 않는
여인처럼 나에게 안기는
제주 연안부두
햇살 부셔져 반짝이는 빛 위에
그대의 모습 출렁출렁

아득한 무공의 대금 소리
아침 햇살을 반짝여 주는 파도
나를 함몰시키고
천연 동굴의 한 무리 새들이
옥빛 바닷물에 점벙거리며
아침 창공을 나르는
제주의 저 푸르름 위에
그대에 띄우는 연서

숨 조이는 제주의 이별
철썩이는 파도 소리

낚싯대를 채 감는
조사들의 손놀림같이
가빠오는 여객선의 엔진소리
토해내는 저 연기

저 출렁대는 저 술 한 잔
취하지 않을 수 없는 제주

친구에 띄우는 엽서

친구 지금 마악
안겨드는 연인을 나는 밀어내고 있어
바람이 살랑거리지만 숨은 가빠
2박 3일의 여정
닻을 올리니
모자의 턱끈을 바짝 조여 매야 되겠어
엔진이 고동치기 시작하거든
배는 16에서 18노트로 물살을 가르는 선장실에서
나는 제주를 하직하고 있어
제주야 잘 있거라
다시 보자
은하수 빛으로 터 오른 한라산아
한라산은 이별의 눈물을 보이지 않으려
운무에 가리운 채
흐느끼며 이별을 고하누나

보이는 것이라곤 아무것도 없다네
무공과 나 밖엔
그리곤 생각뿐이라네
부서지는 물거품을 말이야
수 없는 기포가 앞으로 앞으로 향하게 하는
원동력의 반증만은 아니라고

역시 넓은 바다에 일엽편주의 심정,
너무나 좋다
부서지는 파도 소리
호와 흡의 교차에서 이는 무공의 대금 소리
나의 가슴을 파고들 때
파도 소리
바람 소리
대금 소리
이때 술 한잔 하지않고 그 어찌 배기겠나 친구
한잔 들세 그려, 또 한 잔 들세그려

바다는 넓어서 좋다
속 좁은 나 같은 놈도 아무렇지 않게 덥썩 안고도
눈 하나 꿈쩍 않는 바다,
바다가 좋다

우공(牛空)

어긋어긋 쟁기와 주인을 끌고 가는 소
소라기에는 너무너무 먼 아우
슬픔의 제주에 우공이 있어 눈물겹다

나는 이 대목만 말하고 싶다
이 대목만 넘기고 싶다

나의 가슴 뜨거워서 눈물 흐른가 묻고 싶다

비록 아우일지언정
우공은 아우가 아니다
우공의 눈물은 뜨겁고 뜨겁다
나는 우는 아우의 눈 망연히 쳐다보았다

정녕 나는 무공과 우공과 그리고
무엇이란 말인가
누구인가도 모르면서
자모(子母)의 존재조차도 모르면서 세상을 논한다

가끔은 왜 그러느냐
자신을 알지도 못한 자여

생각이 저 깊은 골에 빠져
빠져들지 마라
그대에게 경고하고 싶다
참으로 가소롭다
자유로운 자에게 하는 말은 조건도 아니다
나는 왜 자기도 모르면서
자신을 이기려 하는가

존재—, 그 아무것도 없음이다
선택된 조건만이
영원히 나를 모르면서
눈뜨기를 하는 내가 되고 싶다

한라산에 안긴다

한라산을 안았다
내가 안았다
그대 있는 제주를 내가 안았다
온 우주를 안은 마음으로

별빛 산죽의 빛살
번지는 제주도

점차 나는 어느 모롱지에 서서
부분쯤의 이야기로 동티가 났다

섬 위에 서서
내 어찌 길을 묻겠는가

모른다

그대 아는가
남의 사정도 모르면서 알려 하지 마라

보고도 안 보았다 하는 것은
차라리 바보가 아니다
보고도 잘못 보는 것은 무엇인가
차라리 끊지 못할 사연 두어 낱이라면
그대로 두면 어떨지

나 가오
―가을의 제주행

일치(一致)――.
하늘 땅 바다
맞닿은 토파(吐破)의 마지막 묵적(墨蹟)에
세상사 죄다 버린
인간(人間)의 접점은 과연 어델까

보내 버릴 것도 없고
맞이할 것도 없는 길 없는 길

제주――.
그대가 있는 제주에 나 가오
무공(無空)의 대금 소리가
파도와 바람을 달래며
달려든 섬들을 밀어낸다

남긴 여적 이루지 못한 아쉬움으로
하늘의 먹구름
푸르스름한 산과의 교감으로
파도는 철썩이지 않고
조용히
하늘 산 바다 하나가 된다

바람아 불지 말아다오
다 잠기고 맞닿은
하늘 땅 바다
하늘과 바다가 남긴 수평선 하나
일치(一致)———.

나의 마음 어데로 갔나
파랗게 딱 떨어진 수평선
해안도로를 끼고 도는 바다 가운데
비안도
한국에너지의 풍차는 바람 없이 돌아가고
쪽빛 물살 검푸르게 일렁거리는
하이킹코스를 달리는 학생들의 은륜이
아침햇살을 튀겨 낸다
돌담 안에 밭 다랑치들이 잠들어 있고

한경 충혼탑이 억새꽃 바람이 붓 솔질하고
푸른 하늘 파아란 바다
구름을 잔뜩 거머잡은 한라산
구름 한 점씩 띄워 바다에 점벙점벙

대정 소재지 무릉리
여기가 무릉도원인가
펼쳐지는 들판에 야무지게 솟은 모슬포

단애의 파아란 바다
구름이 건너뛸 때 은빛 햇살
삼방산 양쪽에 솟은 귀는 천연의 마이(馬耳)일세
덕수리 마라해양군립공원
형제도 삼방사 화순리
차는 달린다

한라산에 쌓인 구름 들먹거리고
차창에 기댄 나에게 안긴 에메랄드빛
어서 옵서예! 서귀포입니다

고뇌하는 詩人의 묵상

김용휴 지음

발행처   도서출판 **청어**
발행인   이영철
영업   이동호
홍보   천성래
기획   육재섭
편집   이설빈
디자인   이수빈 | 김영은
제작이사 공병한
인쇄   두리터

등록   1999년 5월 3일
         (제321-3210000251001999000063호)

1판 1쇄 발행 2024년 12월 20일

주소   서울특별시 서초구 남부순환로 364길 8-15 동일빌딩 2층
대표전화 02-586-0477
팩시밀리 0303-0942-0478
홈페이지 www.chungeobook.com
E-mail   ppi20@hanmail.net

ISBN   979-11-6855-306-4(03810)

저자: 김용휴
주소: 전라남도 화순군 동면 동안1길 43-3
휴대전화: 010-6722-4500